KB198342

안녕!

우린 카로, 그리고 클라로 클리커야.
우리랑 제일 친한 친구는 윤활유 마시는 걸 진짜 좋아해.
이 친구의 이름은 톰 터보, 세상에서 가장 멋진 자전거야.
우리가 톰 터보를 구상하고 만들었지.
따라와!

나는 클라로야.
원래 이름은 콘스탄틴 클리커지.
낡은 기구들을 분해해서 내가 직접
생각해 낸, 새 기구 만드는 것을 좋아해.
톰을 만드는 데 공이 더 커서
탐정단의 대장이 되었지!
내 꿈은 아침에 이를 닦아 주고 옷도
입혀 주는 기계를 만드는 거야.
내가 제일 좋아하는
음식은 스테이크야.

나는 카롤리네 클리커야.
1분 먼저 태어난, 클라로의 쌍둥이 누나지.
모두들 나를 '카로'라고 불러.
탐정단의 부대장을
맡고 있어.
난 춤추는 걸 좋아하고,
서커스 학원에 다니고,
그림 그리기를 좋아하고,
작은 책도 직접 만들어.
제일 좋아하는 건 초콜릿
아이스크림을 얹은 과일 샐러드야.

우리랑 같이
사건을 해결하자!

출발해 볼까?

슈퍼 자전거 톰 터보

톰은 태양 전지를 충전해 주는 햇빛,
그리고 윤활유를 좋아해.
물은 싫어하지. 합선이 되기 때문이야.
누군가 톰을 멍텅구리 자전거라고 부른다면
그 사람은 곤란해질 거야!

컴퓨터

토스터

만능 도구 상자

톰에게는 **111가지 능력**이
입력되어 있어.
예를 들면 이런 걸 할 수 있지.
미니 피자 굽기, 아이스크림 만들기,
연처럼 날기, 배처럼 헤엄치기,
수색 레이저 광선 쏘기, 종이처럼 납작해지기!

조심!

톰은 배처럼 스크루도
사용할 줄 알아!

Tom Turbo Series Wo ist der tanzende Delfin?
by Thomas Brezina (Text), Gini Neumüller (Illustrations)
All rights reserved by the proprietor throughout the world
in the case of brief quotations embodied in critical articles or reviews.
Korean Translation Copyright © 2025 by Gimm-Young Publishers, Inc. Gyeonggi-do
Copyright © 2015 by G&G Verlagsgesellschaft mbH, Wien, Austria
This Korean edition is published by arrangement with
G&G Verlagsgesellschaft mbH, Wien through Bestun Korea Literary Agency Co, Seoul

이 책의 한국어판 저작권은 베스툰 코리아 출판 에이전시를 통해 저작권자와의 독점 계약으로
㈜김영사에 있습니다. 저작권법에 의해 한국 내에서 보호를 받는 저작물이므로 무단 전재와 무단 복제를 금합니다.

톰 터보와 춤추는 돌고래

1판 1쇄 인쇄 | 2024. 12. 26.
1판 1쇄 발행 | 2025. 1. 20.

토마스 브레치나 글 | 기니 노이뮐러 그림 | 전은경 옮김

발행처 김영사 | **발행인** 박강휘
편집 박양인 | **디자인** 조수현 | **마케팅** 이철주 | **홍보** 조은우, 육소연
등록번호 제 406-2003-036호 | **등록일자** 1979. 5. 17.
주소 경기도 파주시 문발로 197(우 10881)
전화 마케팅부 031-955-3100 | 편집부 031-955-3113~20 | 팩스 031-955-3111

값은 표지에 있습니다.
ISBN 979-11-7332-019-4 73850

좋은 독자가 좋은 책을 만듭니다. 김영사는 독자 여러분의 의견에 항상 귀 기울이고 있습니다.
전자우편 book@gimmyoung.com | 홈페이지 www.gimmyoungjr.com

|어린이제품 안전특별법에 의한 표시사항| 제품명 도서 제조년월일 2025년 1월 20일
제조사명 김영사 주소 10881 경기도 파주시 문발로 197 전화번호 031-955-3100 제조국명 대한민국
사용 연령 8세 이상 ▲주의 책 모서리에 찍히거나 책장에 베이지 않게 조심하세요.

톰 터보와

춤추는 돌고래

토마스 브레치나 글

기니 노이뮐러 그림 | 전은경 옮김

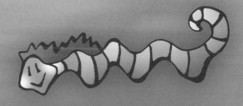

차례

춤추는 돌고래 12

그물 16

겁내지 마! 21

돌고래 서커스 26

잡혔다! 29

상어 먹이 33

빨간 물건 37

고성능 폭탄 42

알렉시스의 도움 46

풀려나다 52

더러운 속임수 58

위기일발 62

조심해! 68

살았다! 71

춤추는 돌고래

찌는 듯이 무더운 여름날, 바닷가에서 생긴 일이야. 탐정
단의 대장 클라로, 부대장 카로는 배를 타고 싶었지만 빌릴
곳이 전혀 없었어. 그래서 슈퍼 자전거 톰 터보가 바퀴에 탱
탱하게 바람을 넣고 배 스크루를 폈지.

"떠날 준비 완료. 출항!"

헤엄치던 톰은 잠시 후 쾌속선처럼 파도 위를 달렸고, 카로와 클라로는 기뻐서 웃음을 터뜨렸어. 그런데 갑자기 톰이 급하게 멈추고는 긴 안테나로 앞을 가렸지.

"대장, 부대장. 저기를 봐. 바위가 춤을 추네!"

물에서 솟아난, 뾰족한 재색의 뭔가가 빙빙 돌다 위아래로 뜨고 가라앉길 반복하며 깡충거렸어. 톰 터보는 나지막하게 웅웅거리는 모터 소리를 내며 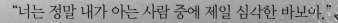춤추는 바위에 접근했지.

카로는 그게 바위가 아니라는 것을 금방 알아채고 놀라서 소리쳤어.

"돌고래다!"

하지만 동생 클라로는 그 말을 믿지 않았어.

"누나, 무슨 소리야! 빈 양철통이야. 돌고래가 아니라!"

카로는 인상을 찌푸리고 동생을 놀렸지.

"너는 정말 내가 아는 사람 중에 제일 심각한 바보야."

13

클라로는 화가 나서 씩씩거리며 슈퍼 자전거에게 물었어.

"자, 톰. 저게 뭔지 말해 봐! 양철통이잖아. 안 그래?"

바로 그 순간, 클라로의 발 바로 옆쪽 물속에서 긴 주둥이가 달린 재색 머리가 쑥 올라왔어. 클라로는 제 눈을 믿을 수가 없었어. 놀라서 숨을 헉헉댔지.

"진짜 돌고래네!"

돌고래는 주둥이를 크게 벌리고 꽥꽥 소리를 내며 웃었어.

"네가 자기를 양철통이라고 착각해서 비웃는 거야."

카로가 낄낄거렸어.

그때 돌고래가 불쑥, 탄탄한 꼬리지느러미를 꼿꼿하게 세우며 공중으로 몸을 솟구쳤어. 마치 파도 위에서 춤추는 것처럼 보였지.

카로가 감탄했지.

"쟨 우리가 하나도 안 무섭나 봐!"

돌고래는 꽥꽥 소리를 내며 몇 번이고 계속 웃었어. 톰 터보는 경적을 울려서 그 소리에 대답했지. 하지만 접촉 상태가 불량했는지, '매에에에.' 하고 엉덩이를 꼬집힌 염소가 불평하는 듯한 소리가 났어. 그때 이상한 일이 벌어졌어. 돌고래가 재색 번개처럼 쏜살같이 잠수해 버린 거야. 그러고는 꼬박 1분이 지나고서야 다시 모습을 드러냈어. 톰이 한 번 더 경적을 울리자 돌고래는 다시 사라졌지.

클라로는 문득 의심이 생겼어.

"망가진 경적이 경고음처럼 들리나 봐!"

톰이 클라로 말에 동의했어.

"대장, 정말 그렇네!"

"걱정하지 마 돌고래야, 아무 일도 없어! 그냥 웃기려고 그랬어!"

카로가 돌고래에게 소리쳤어. 하지만 아무 일도 없다는 건 카로의 착각이었지. 세 친구가 돌고래랑 노는 데 푹 빠져, 뒤에서 나지막하게 들려오는 소리를 듣지 못한 거야. 엄청난 위험이 탐정단 쪽으로 곧장 다가오고 있었지……

15

그물

돌고래는 탐정단 주변을 뛰어오르면서 계속 꽥꽥거리며 웃었어. 톰이 보기에, 한 가지는 확실했지.

"쟨 평범한 돌고래가 아니야!"

갑자기 돌고래가 깜짝 놀란 듯했어. 톰 터보가 경적을 울리지 않았는데도 말이야. 그래서 카로가 물었어.

"너 왜 그래?"

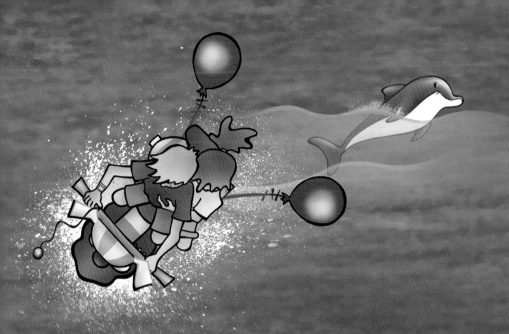

"돌고래가 자꾸 해변 쪽을 보잖아. 뭔가 있는 게 틀림없어!"

클라로 말에 뒤돌아본 남매는 소스라치게 놀랐어. 눈이 휘둥그레질 지경이었지. 배 한 척이 쇠 집게 팔로 커다란 그물을 펼쳐 들고는 소리를 죽이며 다가오고 있었던 거야. 배는 곧장 돌고래 쪽으로 향했어.

"돌고래를 잡으려고 해! 톰 터보, 어떻게 좀 해 봐!"

기절할 듯 놀란 카로가 소리쳤어.

자전거는 망설이지 않고 모디를 **왱왱** 울렸어. 그러고는 돌고래와 배 사이로 재빨리 끼어들어, 배의 항로를 막았지.

"멈춰어어어어!"

톰의 스피커에서 요란한 소리가 울려 퍼졌어. 하지만 배는 들은 척도 않고 계속 다가왔지. 이제는 톰 쪽으로 다가오고 있었어.

"멈추라고오오오!"

그래도 배는 방향을 돌리지 않았어.

"톰, 피하자. 속도를 올려!"

카로와 클라로가 놀라서 고함을 질렀어. 하지만 이미 늦었
어. 쇠 집게 팔이 탐정단을 그물에 가둬 버린 거야.

"대장, 부대장. 이 배 너무 뻔뻔한 거 아니야? 우리가 물고
기도 아닌데!"

톰이 화낸들 소용없었어. 집게 팔이 포획물을 끌어올려 딱
딱한 갑판 위에 그물과 함께 거칠게 내던졌지.

조타실에서 굵직한 여자 목소리가 울려 퍼졌어.

"돌고래를 잡았어! 잘했어, 잉가. 이제 얼른 돌아가자고. 오후에 저 녀석을 데리고 또 공연해야 하잖아. 끝나면 바다 밑바닥에서 그걸 건질 때도 필요하고."

그 말이 끝나자마자 낡은 세일러복을 입은 통통한 여자가 조타실에서 요란하게 쿵쿵거리며 나왔어. 키가 아주 크고 비쩍 마른 여자가 그 뒤를 따랐지. 둘은 그물에 갇힌 탐정단이 달갑지 않아 보였어.

"애들은 도대체 뭐야?"

통통한 여자가 씩씩대며 묻자 톰이 대답했지.

"저는 세상에서 제일 멋진 자전거, 톰이에요. 그리고 제 친구, 카로와 클라로랍니다!"

통통한 여자는 그물로 다가가 슈퍼 자전거를 자세히 살펴봤어. 그런 다음 몸을 돌리고 그르렁거렸지.

"어이, 잉가. 저 멍텅구리 자전거는 우리가 갖자. 분명히 잘 팔릴 거야."

잉가는 그 아이디어가 아주 좋다고 생각하며 말했지.

"프리다, 코흘리개 두 명은 다시 바다로 던져!"

"안 돼요!"

겁내지 마!

카로와 클라로가 기겁해서 소리쳤지만, 톰 터보는 어떻게
해야 할지 이미 해결책을 찾아내고 나지막하게 소곤거렸어.

"대장, 부대장. 겁내지 마."

안장 뒤 만능 도구 상자가 열리고, 끝에 작은 바퀴가 달린
길쭉한 팔이 나왔어.

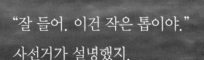

"잘 들어. 이건 작은 톱이야."

사선거가 설명했지.

"이걸로 그물에서 풀어 줄게."

톱을 작동하자 날카롭고 **높은** 소리가 울렸어. 톰은 빠른 속
도로 톱을 이리저리 돌려 그물을 작디작게 토막 냈지. 그 뒤
나머지는 고성능 진공청소기로 온 힘을 다해 훅 불어 버렸어.

잉가와 프리다는 놀라서 입이 떡 벌어졌어. 톰은 두 사람 입을 조준해, 윤활유를 1인분씩 뿌려 주며 말했어.

"맛있게 드세요!"

두 사람이 윤활유를 뱉는 동안 톰 터보는 친구들과 힘차게 뛰어올라 난간을 넘었어. 파도 위에 내려서자 짜디짠 바닷물이 사방으로 튀었지.

"대장, 부대장. 해변으로 돌아가는 게 좋겠다!"

톰이 제안하자 카로가 소리쳤어.

"그러면 돌고래는 어떻게 해? 돌고래가 위험에 처했잖아. 우리가 위험하다고 알려 줘야 돼!"

톰 터보는 빙글빙글 돌면서 남매와 함께 돌고래를 찾았어. 하지만 돌고래는 사라지고 없었지. 어디에 숨은 걸까? 아까 그 여자들은 도대체 누구지? 왜 돌고래를 잡으려고 했을까?

세 친구 뒤에서 날카로운 소리가 들리더니 바로 다음 순간
옆쪽 물에 뭔가 철벅 소리를 내며 빠졌어. 톰은 금세 알아차
렸지.

"저 정신 나간 사람들이 우리에게 작살을 던진다!"

톰이 그르렁거리며 크게 말했어. 이제 더는 망설일 수 없었
지. 스크루 기어를 최고로 올리고 해변으로 쏜살같이 내달렸어.

카로와 클라로는 안장에서 떨어지지 않으려고 아주 꽉 잡
아야 했지. 바다가 요동치고 파도가 점점 더 높아졌거든. 톰
은 고무공처럼 물 위를 통통 튀어 움직였어.

금빛 모래사장이 눈앞에 나타나자 클라로가 외쳤어.

"저기 봐! 돌고래가 어디서 왔는지 이제 알겠다!"

피자
돌고래 서커스를 보러 오세요.
매일 공연
해변에서 몇 걸음만 오시면 됩니다!
팀모의
트랄랄라
콘서트
매진
에어
매트리스
고래상어와
클라로는
무얼 발견했나요?

돌고래 서커스

모자를 쓰고 공놀이하는, 흥겨운 돌고래 네 마리가 커다란 포스터에 그려져 있었어. '돌고래 서커스를 보러 오세요. 해변에서 몇 걸음만 오시면 됩니다. 매일 공연.'이라고 쓰여 있었지.

톰 터보는 대장과 부대장이 이제 무얼 하려는지 금방 눈치챘어.

"나도 알아. 돌고래 서커스로 이미 출발하는 중이야."

톰이 점잖게 말했지.

서커스 공연은 텐트 안이 아니라 높은 울타리 너머에서 열렸어. 그런데 입구 안내판에 '오늘 닫음'이라고 쓰여 있었지.

카로는 궁금했어.

"톰, 울타리 뒤에 뭐가 보여?"

슈퍼 자전거는 핸들 머리를 공중으로 **스르륵** 올리고 텐트 안쪽을 들여다봤어.

남매는 톰의 비디오 눈이 찍은 장면을 컴퓨터 모니터로 봤지. 울타리 뒤에 뿌옇고 지저분한 물이 찰랑거리는, 둥근 풀장이 있었어. 수면 아래에서 뭔가 움직였지.

재색 돌고래 세 마리가 그 안에서 천천히 구슬프게 맴돌고 있었어. 톰은 아까 녹음한 춤추는 돌고래의 꽥꽥거리는 소리를 스피커로 틀었어. 돌고래 세 마리가 순식간에 물속에서 솟아올랐어. 작은 돌고래 두 마리와 큰 돌고래 한 마리가 흥분해서 이리저리 두리번거렸지.

"무슨 상황인지 알겠다."

클라로가 말했지.

"네 번째 돌고래는 도망치는 데 성공했어. 다른 세 마리는 계속 이 지저분한 물에 갇혀서 재주를 부려야 하는 거고!"

돌고래들은 친구가 오지 않았다는 것을 깨닫고 실망해서 힘없이 물속으로 들어갔어.

카로는 흥분해서 자기 머리카락을 잡아당겼어.

"이건 동물 학대야! 우리가 돌고래들을 바다로 돌려보내자."

하지만 저 높은 울타리를 어떻게 넘어갈 수 있을까? 울타리는 두꺼운 널빤지로 만들어진 것이었지.

평소와 달리, 이번에는 클라로가 톰의 컴퓨터보다 한 발 빨랐어. 한 가지 방법을 떠올렸지.

잡혔다!

"톱이 있잖아! 널빤지에 구멍을 뚫어."

클라로가 제안하자. 슈퍼 자전거의 만능 도구 상자에서 다시 작은 원형 톱이 튀어나왔어. 울타리에 구멍을 뚫자 톱밥이 사방으로 튀었어. 톰이 앞바퀴로 널빤지를 살짝 밀자 울타리가 요란한 소리를 내며 넘어갔어. 서커스 천막으로 들어가는 통로가 뚫린 거야.

톰 터보는 안으로 굴러 들어가 풀장으로 향했어.

"네 번째 돌고래는 이곳에서 어떻게 도망쳤을까?"

클라로가 크게 혼잣말을 하며 지저분한 구식 풀장을 살펴봤어. 그러다가 뒤쪽에서 뭔가 발견하고는 환호성을 질렀지.

"그래, 이제 알겠다!"

톰과 카로가 클라로에게 달려왔어. 클라로는 풀장 벽에서 나오는 두툼한 관을 가리켰지.

"이 관은 돌고래가 통과할 수 있을 만큼 넓어. 깨끗한 물을 풀장에 끌어올 수 있어야 하니까, 바다까지 분명히 이어져 있을 거야. 춤추는 돌고래는 틀림없이 이 길로 도망쳤겠지."

하지만 카로에게 또 다른 의문이 생겼어.

"그런데 왜 다른 세 마리는 친구를 따라가지 않고 여기에 남은 걸까?"

"구멍이 막혀 버려서 그런 것 같아."

기적의 자전거가 설명하며 안테나 끝의 빨간 구슬로 풀장 바깥으로 삐죽 튀어나온 쇠창살을 가리켰어.

"그러면 저 통로를 열어 주자."

카로가 이렇게 말하고 쇠창살을 잡았어.

"자, 둘 다 나를 좀 도와줘!"

세 친구 뒤에서 갑자기 둔중한 발소리가 쿵쿵 울렸어.

"손 치워!"

소리 지르는
목소리가 귀에 익
었어. 남매는 화들
짝 놀라 몸을 돌렸
어. 프리다와 잉가가
돌아온 거야. 둘은 손
에 작살과 칼을 들고 있었어.

"찍소리도 내지 마. 안 그러면 다시
바다에 빠뜨려 버릴 테니까!"

프리다가 위협했어. 그러고는 돌고래 풀장
옆에 있는 우리를 작살로 가리켰지.

"둘은 저 안으로 들어가!"

카로와 클라로는 다리를 덜덜 떨며 우리로 기어 들어갔어.

"너희는 쓸데없이 호기심이 많아!"

프리다가 크게 소리쳤어. 우리를 잠그고는 위쪽에 쇠사슬
을 연결했지. 잉가는 나지막하게 킥킥거리며 풀장 옆에 있는
스위치를 눌렀어. 기중기가 덜컹덜컹 시끄러운 소리를 내
며 우리를 높이 들어 올리더니, 지금까지 탐정단의 눈에 띄지
않았던 자그마한 또 하나의 풀장 위로 옮겼어.

"이건 슈나피의 집이야."

통통한 프리다가 히죽거리며 설명했어.

"자, 잉가. 아이들에게 슈나피가 누구인지 보여 줘!"

잉가는 피가 흐르는 고깃덩이를 양동이에서 꺼내

두 번째 풀장에 던졌지.

상어 먹이

무시무시한 상어 한 마리가 순식간에 고깃덩이를 낚아챘어.

"소리를 지르면 바닥이 열리고, 너희는 슈나피의 먹이가 되겠지. 우린 '디기'가 필요하니 방해하지 마!"

프리다가 경고했어.

그 춤추는 돌고래 이름이 '디기'였던 거야.

프리다는 목이 쉴 만큼 크게 웃고, 잉가는 사악하게 킥킥거렸지. 둘은 쿵쿵거리며 풀장 건너편에 있는 캠핑카로 사라졌어.

카로와 클라로는 몹시 무서워서 식은땀이 났어. 축축한 손으로 철창을 움켜쥐고는 두려움에 떨며, 슈나피가 위협하듯 빙빙 돌고 있는 아래를 내려다보았지.

"토…… 톰, 뭐라도 좀 해 봐!"

클라로가 숨을 헐떡거리며 말했어.

슈퍼 자전거도 정말 그러고 싶었어. 하지만 어떻게 해야 하지? 이런 상황에 도움이 될 만한 기술이 설치되어 있었나?

그래, 방법이 있어! 톰의 컴퓨터가 방법을 찾아냈지.

"대장, 부대장. 놀라지 마. 이제 시작한다!"

톰이 친구들에게 말했지.

카로와 클라로는 우리 전체가 덜컹이며 흔들릴 만큼 심하게 **떨고 있었어**.

톰의 진공청소기에서 접착테이프 한 롤이 튀어나와, 멀리 날아가며 펼쳐졌지. 톰은 테이프의 끝부분을 절대 놓치지 않도록 집중했어. 그랬다가는 계획을 완전히 망쳐 버릴 테니까.

하지만 풀장 위로 접착테이프가 날아가자 슈나피가 물에서 솟구쳐 나와 접착테이프를 물어 버렸어.

결과는 끔찍했지! 슈퍼 자전거의 계획과는 달리 접착테이프가 원래 경로를 벗어나, 우리를 감싸는 데 실패한 거야.

경고!

경보음에 너무 놀란 카로와 클라로는 크게 비명을 지르며 몸부림쳤어. 동시에 우리 바닥이 덜컹거리며 열리는 바람에, 남매는 상어 풀장으로 추락했지.

톰은 소스라치게 놀랐어. 하마터면 퓨즈가 모두 탈 뻔했지!

36

빨간 물건

톰은 친구들에게 벌어지는 일을 차마 볼 수 없어 눈을 감았어. 슈나피가 둘을 잡아먹는 중일 테니까.

작전은 실패했어. 대장과 부대장을 상어 밥으로 던져 줬으니까. 톰 터보는 자기가 세상에서 가장 변변찮고, 낡고, 심하게 녹슨 멍텅구리 자전거라고 생각했어. 풀장의 물이 요란하게 철썩이며 가장자리를 넘어왔고, 축축하고 차가운 뭔가가 톰의 핸들을 때렸지.

톰은 비디오 눈 한쪽을 다시 뜨고 살그머니 앞을 살펴봤어. 곧바로 다른 쪽 눈도 떴지. 지금 내가 합선이 된 건가? 어떻게 이런 일이 가능하지? 톰의 앞에 대장과 부대장이 서 있었던 거야! 흠뻑 젖고 **덜덜 떨고 있었지만** 무사했지!

톰은 도대체 어찌된 영문인지 알 수 없었어.

"상어가 너희를 잡아먹은 줄 알았어!"

카로가 톰을 비웃으며 씩씩거렸어.

"톰, 너는 가끔 보면 세상에서 제일 멍청한 자전거 같아!"

카로는 슈나피가 꿈틀거리며 몸부림치는 풀장을 엄지로 가리켰어. 접착테이프가 상어의 주둥이를 입마개처럼 감고 있었지.

"녹슬고 변변찮은 자전거가 아니라 엄청나게 멋있는 자전거였잖아, 내가?"

톰이 흥분해서 말하자 카로와 클라로는 눈을 흘겼지. 하지만 지금은 싸울 시간이 없었어. 카로가 나지막하게 말했어.

"저 여자들이 무슨 꿍꿍이인지 반드시 알아내야 해. 뭔가 끔찍한 일을 계획한 것 같아."

톰 터보는 움직일 때 소리를 내지 않으려고 제일 낮은 기어를 넣은 뒤 캠핑카로 굴러갔어. 두 친구는 톰에게 딱 달라붙었지. 캠핑카의 문과 유리창은 모두 단단하게 닫혀 있었어. 안에서 무슨 말이 오가는지 도무지 들리지 않았어.

"혹시 조금이라도 보일지 몰라."

클라로가 말했어. 그리고는 조심스럽게 창문으로 안을 엿
보았지. 카로도 동생을 따라했고, 톰 터보도 비디오 눈으로
캠핑카 안을 흘낏 보았어.

클라로가 소곤거렸어.

"두 여자가 뭔가 그렸어……. 빨간 물건인데, 저게 뭘까?"

톰 터보가 컴퓨터에게 물어봤지만 평소와 달리 이번에는 컴퓨터도 대답하지 못했어. 그러다가 그 '빨간 물건'이 뭔지 알게 된 카로는 놀라서 나지막하게 비명을 질렀지.

고성능 폭탄

카로는 한 손으로 입을 틀어막고 다른 손으로는 의자에 놓인 신문을 가리켰어. 빨간 물건의 사진 위에는 커다란 글씨로 '아주 위험한 고성능 폭탄이 바다에 침몰하다!'라고 쓰여 있었지. 톰 터보는 신문 사진을 찍어 무슨 말이 쓰여 있는지 친구들에게 알려줬어.

"에스메랄다 선박이 고성능 폭탄을 운송하다가 폭풍을 만나 폭탄과 함께 침몰했대. 그때 이후로 바다 밑바닥 어딘가에 가라앉은 이 폭탄은 가장 튼튼한 은행 금고도 폭파할 수 있대. 범죄 집단이 이 폭탄을 구하려고 많은 돈을 지불할 것이라고 적혀 있는데?"

설명을 듣던 클라로가 물었어.

"그런데 이 모든 일이 춤추는 돌고래 디기와 무슨 관계가 있을까?"

톰의 빨간 코가 위로 젖혀지더니 하수구가 막힐 때 사용할
만한 고무 빨판이 나왔어. 톰이 이 빨판을 캠핑카의 외벽에
댔지.

카로는 그 모습이 바보 같아 보여, 언짢은 표정으로 물었어.

"톰, 거기서 뭐 해? 캠핑카랑 뽀뽀하려고?"

"부대장, 아니야! 이건 엄청나게 섬세한 도청기라고. 이것만 있으면 두꺼운 벽 너머에서 하는 말도 들을 수 있어."

톰은 프리다와 잉가가 하는 말을 남매도 들을 수 있도록, 딸깍 소리를 내며 스피커를 켰지. 프리다가 크게 외치는 말소리가 들려왔어.

"훌륭한 계획이야! 디기에게 폭탄을 그린 커다란 그림을 보여주고 세 번 휘파람을 불자. 그게 폭탄을 찾아서 우리에게 가져오라는 신호잖아. 오랫동안 그렇게 훈련했으니, 디기가 말을 듣지 않으면 늘 그랬듯 호되게 혼내자고."

카로는 무진장 화가 나서 숨을 몰아쉬었어.

"동물 학대도 정도껏이지! 잘못하면 폭탄이 터져서 디기가 죽을지도 몰라."

톰 터보가 카로를 진정시켰지.

"부대장, 저 두 사람은 춤추는 돌고래가 지금 어디에 있는지 몰라."

탐정단이 계속 엿듣는 사이, 그들 뒤에서 아주 커다란 그림자가 나타났어. 아주 크고, 아주 힘이 세고, 아주 위험해 보이는 남자의 그림자였지.

클라로가 그 남자를 제일 먼저 알아챘어. 누나를 툭 치고 소곤거렸지.

"저기…… 저기에 누군가 있어. 우리 뒤!"

카로는 고개를 젓고 툴툴거렸어.

"이 겁쟁이, 말도 안 되는 소리 좀 하지 마. 무서우면 저리 가."

하지만 카로도 **다부진** 그림자를 발견하고는 무서워서 고개를 움츠렸어. 이 사람은 도대체 누구지?

알렉시스의 도움

카로와 클라로는 천천히, 아주 천천히 몸을 돌렸어. 겨우 세 걸음 떨어진 곳에 옷장처럼 크고 탄탄해 보이는 어떤 남자가 서 있었지. 그런데 머리는 이상하게 너무 작아서 꼭 마른 사과처럼 보였어. 남자는 몹시 꽉 끼는 보라색 양복을 입었고, 머리에는 작은 중절모가 까딱거리고 있었지.

"어…… 안녕하세요?"

카로가 기어드는 목소리로 인사했어.
더 나은 말이 떠오르지 않았거든.

"너희들, 여기서 뭐 해요?"

남자는 외국인인지 살짝 서툴
게 말을 걸어 왔어.

갈매기 울음소리처럼
끼룩거리는 목소리였지.

톰 터보는 사이에 끼어들
기로 마음먹었어. 아저씨가 친
구들을 공격하면 안 되니까.
토스터에는 딱딱하고 심하게
타 버린 피자가 들어 있었어.
바로 지금 쓸 민한 도구였지.
톰은 남자 쪽을 겨눠 피자를 발사
했어. 피자는 비행접시처럼 허공을 가르며 날아가,
남자 머리에서 모자를 떨어뜨렸어.

"어…… 이게 뭐야?"

"내가 그랬어요! 경고의 뜻이죠. 내 친구들을 귀찮게 하면 윤활유로 샤워를 하게 될 거예요!"

남자는 방어하듯 굵은 팔을 들어 올렸지.

"아니, 아니야. 제발 그러지 마! 나는 알렉시스야, 착한 알렉시스. 그러니까…… 으음…… 난 돌고래한테 생선을 가져다줘."

화가 난 카로는 알렉시스 앞에 버티고 서서 비난을 퍼부었어.

"먹이만 준다고 끝이 아니에요! 자유롭게 살아야죠. 안 그러면 답답해서 죽어 버릴 거예요. 프리다와 잉가는 못된 사기꾼이고요! 디기한테 바다에서 폭탄을 건져 오라고 시킨대요!"

알렉시스는 눈이 휘둥
그레지고 흥분해서 코를
씩씩댔지.
"뭐라고? 말도 안 돼.
그게 무슨 소리야!"

카로와 클라로는 더는 참지 못하고 생선 장수에게 모든 것을 설명했지. 하지만 톰 터보는 이 상황을 이해할 수 없었어.

"혹시 두 여자와 한패면 어쩌지?"

"아냐, 저 사람 우리 편인 것 같아!"

클라로가 톰에게 속삭이고는 알렉시스에게 물었지.

"아저씨, 우리를 도와줄 수 있어요? 다른 돌고래들도 풀어 주려고 해요. 바다로 헤엄쳐 나가, 디기를 만날 수 있게요."

카로에게 좋은 생각이 떠올랐어.

"아! 우리가 돌고래들을 최대한 멀리 유인해서, 잉가와 프리다가 돌고래들을 다시는 찾을 수 없게 할게요!"

알렉시스는 크게 고개를 끄덕였어.

"좋은 생각이다! 나는 캠핑카로 가서 쇠창살 여는 열쇠를 가져올게. 못된 사람들을 가두고 돌고래를 구하는 건 어때?"

남매는 당연히 찬성했어. 둘은 자전거 친구와 함께 물통 뒤에 숨었어. 그러고는 아저씨가 캠핑카 안으로 들어가는 모습을 지켜봤지. 제발 일이 잘 풀리길!

1분이 지났어. 아무 변화도 없었어. 2분이 지났지. 아무 일도 일어나지 않았어. 3분, 4분……. 시간이 흘렀어. 아저씨는 어떻게 된 거지? 가서 도와줘야 할까?

풀려나다

그때 캠핑카 문이 활짝 열리더니 프리다가 아저씨를 발로 걷어차서 쫓아냈어.

톰이 이상하게
생각한 점은 무엇일까요?

"나가, 생선 냄새 나는 **똥보**야!"

프리다가 그의 등 뒤에 대고 소리쳤지.

"돌고래를 다루는 방식이 마음에 들지 않는다고? 앞으로
다른 곳에서 생선을 사겠어!"

문이 요란한 소리를 내며 다시 닫혔어.

아저씨는 히죽 웃으며 재킷 주머니에서 열쇠와 자물쇠를
꺼내 문을 잠가 버렸지. 하지만 톰이 보기에 뭔가 이상했는데
당장은 그게 뭔지 알 수 없었어. 톰은 캠핑카 문을 찍고 컴퓨
터에 그 사진을 저장했어. 자세히 볼 시간이 없었지.

알렉시스가 고함을 질렀기 때문이야.

"열쇠가 여기 있어. 얼른 와!"

카로와 클라로는 재빨리 달려갔어. 두 아이는 잉가와 프리다가 화를 내며 캠핑카 문을 마구 두드리는 소리를 듣고는 웃음을 터뜨렸지.

알렉시스가 쇠창살을 열어 주며 말했어.

"애들아……. 그 자전거를 타고 돌고래를 따라가, 위험하다고 경고해! 커다란 관이 바다로 이어진다고 했지? 어서 가. 돌고래가 멀리 가 버린다!"

남매는 즉각 톰 위에 올라타고 페달을 밟았어. 슈퍼 자전거가 모래 위를 날쌔게 달리자 뒤에 모래 먼지가 엄청나게 일어났지. 드디어 관의 끝부분을 찾아내자, 카로가 톰에게 부탁했어.

"이제 아저씨한테 신호를 보내자."

기적의 자전거는 빨간 코를 열고 초록색 형광 신호탄을 공중으로 쏘아 올렸지. 그 신호를 알아본 알렉시스는 잡혀 있는 세 마리 돌고래에게 자유로 향하는 길을 열어 줬어. 몇 초 지나지 않아 돌고래 세 마리는 쏜살같이 관을 빠져나와 탁 트인 바다로 헤엄쳤지. 그러고는 기뻐서 몇 번이고 크게 솟구치며 파도를 뛰어넘었어.

톰은 번개같이 바퀴에 바람을 넣고 배 스크루를 펼치고는 무진장 빠른 보트처럼 내달렸어. 카로와 클라로는 돌고래 세 마리에게서 한시도 눈을 떼지 않았지.

"이제 돌고래들이 행복해졌네!"

카로가 환호성을 질렀어. 돌고래 서커스의 못된 두 여자를 속이고 돌고래를 풀어 줬으니까.

클라로가 오른쪽을 가리키며 소리쳤어.

"저기 좀 봐, 디기야! 친구들을 다시 보게 되어 정신없이 춤추고 있어!"

돌고래들은 뛰고, 솟구쳐 오르고, 꾁꾁 소리치며 기뻐서 어쩔 줄 몰랐어. 너무 요란하게 소리를 내는 통에 남매는 시끄럽게 울리는 모터 소리를 듣지 못했어. 뭔가가 금방 가까이 오더니 정확하게 그들 머리 위로 다가왔지.

"대장, 부대장. 돌고래들이 위험해!"

위험을 알아차린 톰 터보가 꾁꾁거렸지만 이미 늦었어.

더러운 속임수

공중에서 디기 바로 위로 그물이 떨어졌어! 디기는 그물에 걸려 잠수할 수 없었지. 그물은 빠른 속도로, 공중에 끌려 올라갔어.

"헬리콥터다!"

　　카로가 기겁하며 헬리콥터에 누가 앉아 있는지 올려다봤지. 프리다와 잉가 그리고…… 알렉시스였어! 셋은 입이 양쪽 귀에 걸릴 만큼 히죽거리고 있었지. 세 사람은 스피커로 아래에 대고 외쳤이.

　　"징징거리는 애송이들아! 도와줘서 고맙다! 너희가 우리를 디기에게 곧장 안내했어. 한 시간 후 우린 폭탄을 얻게 될 거야. 폭단이 니무 일찍 터저서 디기가 날아가시 않는나면 날이지! 하하하! 자, 그럼 이제 남쪽으로 가자고!"

　　마지막 말은 탐정단에게 한 게 아니었어. 사기꾼들이 스피커 끄는 걸 잊어버린 거야.

"못된 사람들!"

카로는 화가 나서 씩씩거리며 몸을 떨었어. 탐정단은 그물에서 불쌍하게 버둥거리는 디기가 어딘가로 옮겨지는 모습을 속수무책으로 지켜보는 수밖에 없었어. 이러다가는 바다 밑바닥에서 위험한 폭탄을 옮기게 될 거야.

톰은 아까 찍은 알렉시스 사진을 모니터에 불러왔지.

"고철덩어리! 멍텅구리 자전거!"

톰이 갑자기 스스로에게 욕설을 퍼부었어.

"왜 금방 알아보지 못했을까? 알렉시스는 우리를 속이고 자물쇠를 잠그지 않았어. 손에 열쇠를 들고 있지도 않았고!"

카로가 결단을 내렸어.

"헬리콥터를 추격해야 해."

하지만 헬리콥터는 이제 더는 하늘에 보이지 않았지. 클라로가 이어 말했어.

"나침반이 필요해! 나침반은 동서남북을 알려 주니까."

톰 터보는 말없이 자기 만능 도구 상자를 열었어. 그 안에 아름다운 나침반이 들어 있었지. 클라로가 감탄했어.

"나침반이 있었구나? 톰, 너는 정말 세상에서 제일 멋진 자전거야!"

톰은 나침반 사용법을 알려 줬어.

"바늘의 어두운 부분은 언제나 북쪽을 가리켜. 밝은 부분
은 남쪽을 가리키고."

이제 셋은 어느 방향으로 가야 하는지 알게 됐어. 기적의
자전거는 슈퍼 터보 기어를 넣고, 자기 모터에
어떤 힘이 숨어 있는지 보여
줬지. 톰은 번개처럼
물 위를
달렸어.

헬리콥터는
어느 방향으로 날아갔을까요?

위기일발

톰은 작고 큰 섬들을 지나 재빨리 달렸어. 바다에서 불쑥
몇 번이나 암초가 나타날 때마다 톰은 겨우겨우 피할 수 있었
지. 헬리콥터는 그 어디에도 보이지 않았어.

"디기를 구해야 하는데!"

카로가 걱정했지.

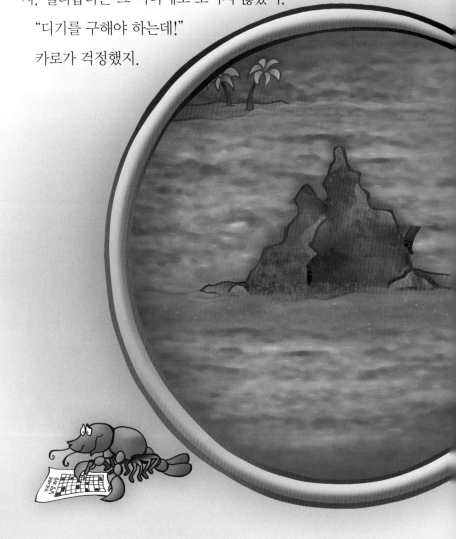

헬리콥터를 찾았나요?

클라로는 화가 났어.

"투덜대지만 말고 망원경으로 헬리콥터부터 찾아 봐!"

카로는 만능 도구 상자에서 망원경을 꺼내들고 사방을 살펴봤어.

카로가 갑자기 환호성을 질렀어.

"찾았다! 바위 뒤쪽 모래사장에 서 있어!"

톰은 지체하지 않고 바로 출발했어. 그러고는 바위 뒤로 무척 노련하게 몸을 틀었어. 사기꾼들은 자전거를 전혀 알아채지 못했지. 세 친구는 바위 뒤에 몸을 숨기고, 조심스럽게 바위 너머를 엿보았지. 프리다, 잉가, 알렉시스는 좁은 섬에 서서 긴장한 표정으로 바다를 노려보고 있었어. 프리다는 빨간 폭탄 그림을 손에 들고 툴툴거렸어.

"답답한 돌고래 녀석. 도대체 어딜 가서 이렇게 오래 있담?"

디기가 폭탄을 가지러 이미 바다 밑바닥으로 간 거였어. 탐정단은 돌고래를 다시 불러내야 했지. 어떻게 다시 부를 수 있을까?

톰은 비디오 눈 위에 거대한 물안경을 걸쳤어. 보호 장비를
갖추고 핸들 머리를 아래로 숙여 물에 집어넣었지. 카로와 클
라로도 톰이 보는 것을 컴퓨터 모니터로 볼 수 있었어. 남매
는 소스라치게 놀랐어. 빨간 폭탄이 선명하게 보였던 거야.
디기는 폭탄에 다가가서, 거기 달린 커다란 고리에 조심스럽
게 주둥이를 넣었어. 돌고래가 끌어당기자 무거운 폭탄은 조
금씩 위로 올라왔지. 그러다가 다시 미끄러져서 바다 밑바닥
에 **털썩** 떨어졌어.

66

"폭탄이 터질 거야! 디기가
공중으로 날아가면 어떡해!"
카로가 헐떡거리며 외쳤어.
"디기한테 경고해야 해. 쟨 폭탄이
얼마나 위험한지 몰라!"
클라로도 목이 다 쉬었지만 끊임없
이 말했어.

여러분이라면
어떻게 할 것 같나요?

67

조심해!

돌고래는 다시 한번 고리를 잡아당겼어. 결과는 끔찍했지. 고리가 부러지면서 폭탄에서 커다란 공기 방울들이 솟아올랐어. 디기는 도망치지 않고 흥분해서는 고성능 폭탄 주위를 계속 맴돌았어. 당장 뭔가 해야 해!

카로와 클라로와 톰 터보는 동시에 똑같은 아이디어를 떠올렸어.

"고장 난 경적!"

셋은 흥분해서 소곤거렸지. 톰이 염소 울음 같은 경적을 울리면 돌고래는 그걸 경고음으로 알아들을 테니까 말이야.

슈퍼 자전거는 물속에서도 경적이 작동하기를 바라며 경적을 누르기 시작했어. 곧 염소 울음 같은 소리가 울렸지. 톰은 몇 번이고 크게 경적을 울렸어.

카로와 클라로는 긴장한 채 모니터를 지켜봤어. 디기가 경고를 알아차렸나? 무사히 도망칠 수 있을까?

"그래애애애! 야호! 만세에에에!"

셋은 환호성을 울렸어. 돌고래가 쏜살같이 움직였으니까. 디기가 수면으로 솟구치자 톰은 곧장 다시 시끄러운 경적 소리로 맞이했어. 그러자 디기는 더 멀리 헤엄쳐 갔지.

톰 터보는 즉시 돌고래를 뒤따랐어.

"디기를 얼른 안전한 곳으로 데려가야 해!"

톰이 외쳤지.

"곧 폭탄이 터질 거야. 대장, 부대장. 꽉 잡아!"

돌고래와 세 친구는 멀리 도망쳤어. 가자! 최대한 빠르게

도망가는 거야!

뒤에서 귀를 먹먹하게 하는 폭발음이 들려왔어. 카로와 클라로가 뒤돌아보니 하늘로 솟구치는 거대한 물기둥이 눈에 들어왔지. 그 순간, 엄청난 파도가 톰 터보에게 밀려왔어. 자전거는 고무공처럼 공중회전했어. 남매는 안장에서 미끄러져 바다에 빠졌지. 숨을 푸푸 내쉬며 다시 수면으로 올라와 헐떡거렸어.

"살려 줘…… 톰!"

어떻게 해야 톰 위에 다시 올라탈 수 있을까? 물속에서는 불가능한 일이야. 자전거가 **쓰러져** 물에 빠질 테니까!

"상어야! 여기 상어가 있어! 나 잡아먹히기 싫어!"

갑자기 카로가 비명을 질렀어.

살았다!

카로는 불현듯 날렵한 뭔가가 자기 옆에 있다는 걸 알아챘어. 상어가 벌써 다가왔나? 카로의 몸이 공중으로 떠올랐어. 이게 어떻게 된 일이지?

양손으로 더듬어 보니 단단한 지느러미가 만져졌어! 디기였어! 디기가 카로를 구해 준 거야. 디기뿐 아니라 세 마리 친구 돌고래들도 함께 남매를 물 위로 떠받치고 있었지.

돌고래 네 마리는 서로 바짝 붙어 헤엄치며 선착장 비슷한 것을 만들어 주었어. 카로와 클라로는 그 위로 기어올라 톰의 안장에 올라탈 수 있었지.

돌고래들이 흥겹게 꽥꽥거리며 작별 인사를 했어.

"저기 봐, 돌고래들이 웃는 것 같아!"

카로가 동생에게 말했어.

"어서 도망가. 그 사람들이 너희를 잡지 못하게!"

클라로가 돌고래들에게 소리쳤지.

돌고래들은 이 조언을 곧장 따르는 것 같았어. 크게 솟구쳐 오르며 지는 해를 향해 나아갔지.

프리다와 잉가, 알렉시스와 헬리콥터는 어떻게 됐을까? 카로는 망원경을 다시 들고 작은 섬을 살펴보았어. 그러고는 요란하게 폭소를 터뜨렸지. 헬리콥터는 온통 패이고 *찌그러졌어*. 사기꾼들은 겁에 질려 바위에 딱 붙어 있었지. 굶주린 상어들이 주변을 돌며 헤엄치고 있었으니까.

"경찰이 데려가기 딱 좋은 곳에 있네!"

카로가 만족스러운 표정으로 말했어.

곧 탐정단이 해변에 도착하자, 톰이 말했지.

"대장, 부대장. 방학이 더 길었으면 좋겠어."

카로와 클라로가 웃으며 대답했어.

"톰, 그 아이디어 정말 마음에 들어. 우리도 그러면 좋겠어. 새로운 모험이 틀림없이 우릴 기다리고 있을 거야!"

수수께끼 풀이

24-25쪽 클라로는 돌고래 서커스 광고판을 발견했어.

40-41쪽 '빨간 물건'은 폭탄이야.

52-53쪽 알렉시스는 자물쇠를 잠그지 않았어.

60-61쪽 헬리콥터는 남쪽으로 날아갔어. 밝은 부분이 가리키는 곳이지.

62-63쪽 바위 뒤, 왼쪽 아래에 헬리콥터 꼬리가 살짝 보여.

66-67쪽 경적을 울려서 돌고래에게 경고를 보내자.
혹시 더 좋은 방법이 있을까?

© W22 Studios

글 토마스 브레치나

토마스 브레치나는 빈과 런던을 오가며 살지. 550권이 넘는 책으로 전 세계 어린이와 청소년들에게 감동을 줬어. "독서는 그 자체만으로 모험이어야 한다"는 말은 토마스 브레치나의 좌우명이야.

그림 기니 노이뮐러

1966년 빈에서 태어났어. 부모님의 말에 따르면, 태어날 때부터 이미 손에 색연필을 쥐고 있었다고 해. 평생 그림을 그렸지. 처음에는 종이 쪽지, 그 이후에는 노트 가장자리에. 고등학교를 졸업한 뒤 웹 디자이너 교육을 마치고, 90년대부터 그래픽 디자이너, 삽화가, 화가 등 프리랜서로 일했어. 무진장 멋진 자전거 톰 터보가 새로운 모습을 갖추게 해 주었지. 1995년에 결혼했고, 두 아이와 고양이가 있어. 취미는 요리로, 제일 좋아하는 건 '잼 만들기'야.

옮김 전은경

한국에서 역사를, 독일에서 고대 역사와 고전문헌학을 공부했어. 출판사와 박물관에서 일하다가 지금은 독일어 책을 번역하고 있지. 어린이와 청소년 책을 우리말로 옮길 때가 가장 즐겁대. 《커피 우유와 소보로빵》《꿈꾸는 책들의 미로》《인터넷이 끊어진 날》《바이러스 과학 수업》《동물들의 환경 회의》《뜨거운 지구를 구해 줘》《월드 익스프레스》, 〈데블 X의 수상한 책〉 시리즈, 《고양이 명탐정 윈스턴》《기숙 학교 아이들》《스무 디 파라다이스에서 만나》 등을 우리말로 옮겼어. 단어가 막힐 때마다 반려 고양이 '마루'에게 물어봐. 그러니 모든 책이 사실은 공역이지.

톰 터보는 20년 전부터 아주 어려운 사건들을 쫓아다니면서 해결하는 중이야. 지금까지 40권이 넘는 책이 출간되고 400편이 넘는 텔레비전 시리즈가 방영됐지. 이 특별한 자전거는 이제 쉰브룬 동물원에 탐정 사무실도 가지고 있어. 사람들이 톰 터보를 위해 그곳에 윤활유 캔을 전해 주곤 한대.

이 시리즈를 쓴 **토마스 작가님**은 수백만 명의 독자들이 있는 중국에서 '모험의 대가'라고 불려. 작가님에게 <톰 터보> 시리즈에 대해 물어봤어.

 작가님, 톰 터보라는 아이디어는 어떻게 얻었나요?

여덟 살 때 나는 톰 터보 같은 자전거를 갖고 싶었어요. 무전기와 온갖 실용적인 도구들로 내 자전거를 무장했지요. 처음에는 아이들이 사건을 해결하는 범죄 소설을 쓰려고 했어요. 그러다가 내가 꿈꾸던 자전거가 다시 생각났고, 상상력을 발휘해 바퀴 달린 첫 번째 탐정, '톰'을 만들었지요.

 톰 터보라는 이름은 어떻게 생각해 냈어요?

처음에는 톰을 '톰 타이거'라고 부르려고 했어요. 그래서 이 책의 표지에는 호랑이처럼 줄무늬가 있지요. 하지만 이미 톰 타이거라는 이름의 만화 캐릭터가 있다는 말을 듣고서는 톰 터보라는 이름을 번개처럼 떠올렸어요. 이 이름이 훨씬 좋다고 생각했지요. 하지만 호랑이 줄무늬는 그대로 남겨 두었습니다.

 톰 터보와 텔레비전에 나오는 소감은 어떤가요?

오랜 세월이 흘렀지만 여전히 모험하는 기분이 들어요. 톰 터보가 달려오고 우리가 함께 카메라 앞에 설 때면 나는 흥분해서 소름이 돋는답니다. 쉰브룬 동물원의 탐정 사무실에 있으면 정말 편안해요. 수많은 어린이 탐정들이 우리 사건을 재미있어 하고, 수수께끼를 알아맞히는 게 좋아요.